VICTOR GRANIER

VEILLÉES
D'HIVER

CONTES ET NOUVELLES

SAINT-PONS

BUREAUX DE LA REVUE DE SAINT-PONS

RUE DU COUVENT

1872

Prime de la *Revue de Saint-Pons*

VICTOR GRANIER

VEILLÉES

D'HIVER

CONTES ET NOUVELLES

SAINT-PONS

BUREAUX DE LA REVUE DE SAINT-PONS

RUE DU COUVENT

1872

DROLE

DE

CHARLATAN.

━━━✦✕✕✦●✦✕✕✦━━━

I.

Pour ma part je n'aime pas, je déteste, j'abhorre
cet orateur du forum et des halles, qu'entoure un
bruyant état-major, qui se drape du manteau ducal
et que coiffe Ti-Hkantzée, le premier bonnetier
de Sa Majesté le roi du Céleste Empire. Cet être
quasi hyperphysique, possesseur d'une fortune roths-
childienne, — c'est le charlatan Depuis que j'ai
été par lui trompé, j'ai voué une haine mortelle,
juré une guerre à outrance à sa race, — l'éternelle
ennemie du genre humain.

« Menteur comme un arracheur de dents ! »

Je demande pardon à la vieille sagesse de nos
pères, mais le dicton a tort, et je le prouve. Aujourd'hui, le vrai, le riche charlatan n'est plus semblable à l'arracheur de dents. Pour toute chevance,
ce dernier n'a que deux chevaux au flanc en détresse,
souvent même qu'un tambour usé à la bataille, glapis-
sant un sanglot sur une chaise boiteuse. — O tem-
pora ! ô mores ! eût nasillé mon professeur, de
larmoyante mémoire, contemplant le hère perché
sur le parapet du quai. Lui, l'arracheur de dents
ne ment pas, il remplit sa promesse. Vous souf-
frez infernalement d'une dent ; confiez lui votre

mâchoire, en un clin d'œil a disparu la torture ; tandis que son confrère l'altier marquis des marchés et des carrefours, le charlatan vous leurre et vous empoisonne quelquefois.

On lui darde l'injure. Le maige ne s'en formalise pas. Il veut bien ignorer l'indemnité qu'il peut réclamer, le code en main. Fi donc ! il n'a cure de ce souci. Il se goberge, comptant sur nos bourgeois qui paieront l'insulte. A l'appel de son musical charivari, tous vont accourir et laisser choir dans sa cassette le denier de l'humaine bêtise.

Ici, on interrompt ce récit, qui sera, j'en réponds quelque peu original. —

Un censeur — il s'en trouve toujours dans l'auditoire — un censeur malveillant — l'adjectif est de rigueur, — un censeur malveillant donc m'interpelle de la sorte.

— « Est-il possible qu'on entreprenne un sujet aussi frivole ? »

De grâce, cher interlocuteur,

« . . . . . Attendons la fin. »

Dit quelque part le conteur Lafontaine.

II.

C'était à la naissance d'une nuit du mois de septembre 1859. Sereine et blanche, la lune éclairait nos belles Cévennes. Les parfums des prés, des bois, de la montagne se mêlaient dans l'espace. L'harmonie métallique des cascades les sussurrements de la feuillée montaient jusqu'aux sommets majestueux et sombres de la chaîne. A l'une des fenêtres de mon châlet du Puy, je considérais ce panorama si plein de charme, tout imprégné de grâce, de poésie virgilienne. Quelles idylles à rendre sur la toile dans cette solitude des monts.

L'horloge tinta au hameau des Pradels sis dans la combe voisine : dix heures.

J'allais fermer la croisée et me coucher, lorsque j'aperçus deux formes étranges se dessiner dans la clairière de la Chênaie, en face de ma maison.

Elles longèrent le béal de la prairie ; l'ombre du taillis flottante sur ces apparitions leur donnait je ne sais quoi d'équivoque et de peu rassurant. M'emparer de mon vieux fusil de Saint-Etienne, voilà ma première idée ; ma seconde, attendre la suite de l'incident, immobile et caché dans l'embrasure de ma fenêtre. Il me sembla entendre un bruit de scie... Hein ? on me vole, pensai-je. Ce soupçon grandit au plus vite, à l'aspect de deux hommes traînant au loin sur la déclivité comme un faisceau de branchages.

— Plus de doute, c'est Martial, le sacripan, avec sa femme la Crose, qui en veulent à mes chênes... Alerte ! je vais les relancer.

Sur ce, je descends, et sans bruit j'ouvre la porte dérobée de l'écurie. Et, à pas de loup, suivant le coude de la lisière du bois, je monte au béal pour surprendre à dos mes larrons.

Psst ! ni Martial, ni Crose la bûcheronne..... Ils m'ont taillé des chausses. J'examine le terrain. Pas d'arbre scié ni ébranché ; seulement des joncs fraîchement coupés. Des joncs ! Quelle mystification, vrai ! Cela cache la mèche.. Je fouille en tout sens : halliers, bruyères cendrées, saulées, oseraies, rien. Je devrais les voir, ils n'ont pas eu le temps de gagner le sentier ; et large et claire, la prairie ! rien. Des joncs — mais personne aux Pradels ne s'en sert pour faire des corbeilles, c'est pas assez rétribué, et d'ailleurs nous sommes trop éloignés des centres industriels... En somme serait-ce le Drac ?

Ma foi, je suis un esprit fort, l'oracle du canton, et néanmoins, j'ai martel en tête : le Drac !

Car il faut qu'on sache que si, lutins, goules, gnomes, macabres s'exilèrent de Paris à l'apparition de MM. Bayle, d'Alembert, de Voltaire et de sa docte cabale, tous les esprits noctambules du moyen-âge vivent et grouillent au fond des combes et sur les puys des Cévennes, narguant bel et bien le *soleil* de la philosophie comme l'aspersoir du *capelan* (prêtre).

Chez nous le drac ou le drag, c'est un malin vieillard, un faiseur de niches, un faux bonhomme attirant, hors du bourg, les gentes filles. Tantôt c'est une *fado* (fée), une grande dame à robe de gaze frangée de rubis ! tantôt une cavale pimpante, docile, qui se fait — la traîtresse ! — petite, svelte à ras de sol, toujours au bord d'un *riou* (rivière) peu guéable. Ingénues, folâtres, et comme le papillon insoucieuses, elles reconnaîtront un peu tard le méchef que leur machine le drag ; elles montent sur sa croupe ; mais la cavale s'étire si menue, qu'à sa place, on ne sait comment, c'est une libellule, qui porte le groupe moins rieur des bachelettes... Puis, tout à coup, plus de libellule, mais un long ruban multicolore qui, sorti de l'eau, fuit, serpente, rase la montagne, laissant nos jeunes demoiselles se débattre au milieu du *riou*.

Que de tours de cette sorte à citer de l'espiègle protée cévénol ! Cependant la renommée du drag s'estompe et rivalise parfois de couleur noire avec les loups-garous, les roumians et autres malfaisants esprits du pays... chut !

Au loin la cadence d'un pas sourd... le pas de mes voleurs. Voleurs de quoi, s'il vous plaît ? voleurs de joncs ! Voleurs ou non, intrigué, il faut que j'aille dans la direction du bruit, vers la combe des Pradels..... Allons.

Chemin faisant, pour me distraire, je fredonne quelques vers d'une ballade locale, qu'à mes enfants chantonne ma grand'mère aux veillées d'hiver. Tout naturellement la légende parle des drags ; ces messieurs affectionnent la politesse aussi bien qu'une dame du faubourg Saint-Germain ; voilà pourquoi point ne faut les congédier brusquement ; pareilles gens sont vindicatifs, et Dieu me garde de leur rancune !

« Non loin de ma cabane noire,
Voyez-vous les dracs tournoyer !
Approchez-vous ; voici l'histoire
D'antique et lugubre mémoire,
Que l'aïeul contait au foyer.

. . . .

A l'heure où le soleil décline,
Quand s'épand le voile du soir,
Ne montez-pas sur la colline :

> Sous le chêne qui la domine
> Est un drac, ceint d'un casque noir,
> Oui, le drac railleur qui sautille,
> Et lutine chasseur craintif,
> —Enfants des monts, la nuit scintille,
> Fuyons la tombe au chant plaintif.
>
> Au sein de l'ouragan qui tonne,
> Le pâtre achève sa chanson ;
> Mais son cœur faiblit et s'étonne
> Aux tristes et bruns soirs d'automne,
> Vers lui monte un étrange son :
> De la Balme-des-Dracs qui brille,
> Sort un spectre rébarbatif, —
> Aux heures où la nuit scintille,
> Gardant la tombe au chant plaintif. »

J'interromps ici la ballade par trop *rébarbative* de mon aïeule, j'arrive au hameau des Pradels. Tout dort çà et là, sauf à l'auberge, enfoncée entre deux bergeries. Une lampe de cuivre trone l'ogive obscure d'une fenêtrelle Voulez-vous avoir une idée de l'auberge, figurez vous un grand A aplati et percé d'œils de bœuf ; derrière, une haute futaie, où viennent, aux premiers froids de novembre, se tapir, guettant la proie, les loups des forêts Cevenoles.

Après avoir gravi les dalles de l'escalier, je pousse le loquet de la porte, et vais m'assoir sur un banc, en face d'une énorme table de hêtre, où sont quelques vachers du mont de l'Espinouse.

— Un pinton de vin, Susanne ! criai-je à la femme de l'aubergiste.

Tout autre boisson que le vin est prohibée dans le pays ; la civilisation n'a pas encore importé chez nous l'alcool, grâce à Dieu.

Je ne m'étais pas trompé dans mes dernières prévisions. Les coupeurs de joncs se trouvaient dans la salle, sous le vaste manteau de la cheminée.

Quand Suzanne revint : — Que font ces messieurs aux Pradels ,? demandai je.

— « Ce que font des charlatans, » répondit elle avec un fin sourire, me rappelant qu'elle avait été cuisinière à la ville, où elle avait connu ces gens là.

Les vachers, leur repas terminé, montèrent se coucher au grenier à foin. Je m'avançai vers les charlatans occupés à hâcher mes joncs dans une corbeille.

— Puis je vous offrir, messieurs, un verre de vin chaud ? dis-je au groupe travailleur, parlant l'idiome du montagnard, puisque j'en porte l'habit.

L'un deux consulta du regard son compagnon, son maître sans doute, lequel refusa mon invitation avec un geste gracieux.

— Y aurait-il indiscrétion, poursuivis-je, à vous demander la cause de votre présence dans un pays si rude et si...

— Et si charmant, interrompit le maître.

— Puis avec un abandon qui me déconcerta : — Je suis artiste-médecin, reprit-il, explorant ces contrées. J'arrive des monts d'Auvergne et du Rouergue, je vais suivre la crête de cette chaîne et me diriger vers la partie septentrionale du Gard. Demain j'exercerai ma profession au village de Trides. C'est un dimanche et un jour férié, comme vous savez ; j'y compte travailler.

— Dites-moi, fis-je, le scrutant malicieusement, de ces herbes (c'étaient mes joncs) vous en faites sans doute des remèdes.

Le charlatan me toisa de pied en cap : il avait apperçu sur mes lèvres un imperceptible sourire et compris l'ironie de ma question.

— Oui, repartit-il, des drogues pour un de mes chevaux indisposé.

Et pirouettant, il me tournant le dos et lança à son domestique un regard qui semblait dire : Fin comme un paysan. Car on nous fait cette réputation.

Un quart d'heure après, je remontais la combe des Pradels et suivis le chemin qui mène à ma demeure de Puy.

— Misérable ! grommelais-je, découverte sera ta fraude, et bon nombre de coups de bâtons, pire

que grêle, clapoteront sur tes omoplates ; tu payeras
pour un de tes confrères, qui, l'an passé, s'échappa
de mes mains à Milhau.

Ainsi je m'endormis sur cette pensée.

III.

A la pointe du jour, je fus sur pied. Déjà les
montagnards des sommités descendaient vers le
Puy, jaseurs et joyeux. Plaisir est de les voir,
dimanches ou jours de fêtes, se rendre clan par clan à
la paroisse de Trides. Armés du long bâton de houx
traditionnel, ils défilaient devant le châlet, cœur
au vent, si pittoresques sous leurs chapeaux aux
larges ailes noires, avec leurs braies et leurs dal-
matiques sur leurs vestons gaulois !..

J'enfourchai ma jument, et je descendis au
village de Trides

A l'issue de la messe, une superbe calèche
stationnait sur la place de la Mairie. Un homme
en arlequin, battait le tambour ; mon charlatan
a clamyde de tragédien, commença de haranguer
la foule, bénigne admiratrice de cet appareil, de
ce luxe insolites chez nous

Tableau à croquer ! il ne manquait que le crayon
spirituel de Bertall, de Cham. Je voulais télégra-
phier à ces messieurs ; c'était trop tard, hélas !
qu'ils veuillent bien se réserver pour une prochaine
occasion ; un télégramme les préviendra.

Or voici quelques réminiscences de son exorde,
débité avec la plus comique et la plus sérieuse
emphase :

« Messieurs, dit-il, l'index levé à la hauteur de
l'occiput, c'est pour la première fois que je parais
dans votre cité. Je n'ai pas l'habitude de venir
exercer ma profession sur les places publiques.
Vous avez entendu parler des charlatans... (pause.)
Vous vous tromperiez grandement si vous disiez :
c'est un charlatan. Non — cria-t-il, d'une voix to-
nante — non, je ne suis pas un charlatan ! moi.
La preuve, messieurs : (et il vida aux yeux du
public son escarcelle pleine de louis) ...

» Mon nom que vous connaissez, *doctus Diamenta*, passe de bouche en bouche, non seulement en France, en Europe, mais encore dans le Brésil et la Cafrerie. A mes cures merveilleuses, je dois cette célébrité, à ce flacon de Bethléem...

— Bethléem ! firent en chœur les assistants, là où est né Notre-Seigneur Jésus-Christ.

— Précisément, mes braves amis. Au reste, examinez... ces papiers, ces certificats, ces journaux en garantissent l'authenticité. L'étoile d'Hippocrate pâlit, messieurs, devant l'astre flamboyant du docteur Diamenta ; oui, je le jure par mon kandjar ! (et l'illustrissime docteur posait fièrement son poing sur son poignard oriental. Heureusement pour lui qu'aucun homme de loi, pas un simple commissaire de police, ne pouvait le prendre en flagrant délit d'arme prohibée.)

Tandis qu'il parle, nos pauvres paysans, pour qui cette harangue est une énigme, le regardent ébahis, bouche entrebaillée, disant : — Il est aussi savant que monsieur le Capelan.

Néanmoins, à côté, je distingue deux personnages, qui, avec le curé, forment l'élite de la population de Trides.

L'un, c'est l'instituteur communal à figure anguleuse, à l'œil clignotant, la tête ballante et jambes en forme d'échasses ; l'autre, c'est monsieur le maire en sabots de dimanche, à taille lilliputienne, dont les mains charnues et grosses plantées sur son ventre pansu, ne s'écartent que pour assujettir des besicles sur son nez patriarcal.

— Hé ! hé ! M. le maire, clamait le pédagogue, vous conviendrez avec moi que ce sont de fort jolis chevaux.

— On le dit, fit dignement le magistrat.

— Dites-moi...

— Chut ! maître Pigrine ; chut !

Le maire venait de grandir d'une coudée. Pour en expliquer le motif, il est nécessaire de suivre le discours de Diamenta.

» Par mon kandjar ! par la plus étincelante des constellations du firmament ; par Orion ! ex-chas-

seur que vous connaissez, nul remède plus efficace
que mon flacon de Bethléem ! Ah ! ce n'est pas
le gain, croyez-le, qui m'attire dans vos montagnes,
c'est (mouvement oratoire) l'amour de l'humanité
que je soulage et guéris. J'en demande à vos ho-
norables médecins (à trois lieues de Trides se
trouve un officier de santé), aux magistrats éclairés
de la cité, à... »

— A qui, demanda vivement le magister ; ce
ne peut-être qu'à moi.

» A M. le maire... »

Le diable emporte le maire, pensa Pigrine ; à
peine sait-il l'A. B. C.

Pourpre d'indignation : — Or çà, M. le maire,
ce bel étranger a parlé du Brésil et de la Cafrerie, vous plairait-il de me dire ce que c'est? interrogea maître Pigrine.

— Vous dites... le brasier, la carafrie... des médecins ! mais saisissant au passage un coup d'œil
triomphant du malin Pigrine, le maire s'écria,
lui tournant le dos : — Taisez-vous, subordonné ;
écoutez ce grand homme.

Pour le coup, le maître d'école pouffa de rire
et se serra les côtés.

— Que signifie cette incongruité ? exclama le
magistrat, tout à coup rappelé à la hauteur de sa
position sociale. Que signifie ce manque de respect
à son supérieur ? n'oubliez pas que c'est nous,
qui vous avons accordé la place d'instituteur que
vous occupez ; sinon nous dresserons un rapport
que notre garde champêtre apportera à M. le sous-
préfet. Tenez-vous à distance respectueuse, ord n-
na t-il, en se rengorgeant de telle sorte que son
col droit raide pouvait à peine enchasser les plis
pendants de ses joues.

L'humiliation de maître Pigrine fut de courte
durée ; le charlatan poursuivant le cours de son
discours monstrueux, ajoutait à l'énumération pré-
citée :

« M. l'instituteur communal. »

— Eh bien ! observa, radieux, celui-ci, qu'en
dites-vous M. le maire?

— On dit que le maire est à la commune et que M. Japhet est ici, objecta ce dernier, outré de la transformation égalitaire opérée par la baguette quasi-magique de doctus Diamenta.

En ce moment le tambour éveillait les échos des Cévennes.

A l'aide d'un porte-voix, Diamenta criait :

Avancez ! avancez ! cinquante centimes ou dix sous pièce le flacon, et trois francs à Paris, Rome, Jérusalem.

Sur son ordre le tambour cessa.

« Allons, mes braves amis, articula-t-il dans sa péroraison, il ne m'en reste que vingt. Que tous ceux qui ont des rhumes, des dartres, des tintements d'oreilles, des démangeaisons, des cors aux pieds... s'approchent de moi. Une courte application du liquide sur la partie malade guérit radicalement. Mon illustre confrère Hippocrate, dont je vous ai parlé, disait, il y a quelques mille ans : *Vita brevis, ars longa occasio prœceps, experientia fallax.* Moi je vous apporte la consolation et l'espoir, et j'affirme, par la vertu de cet élixir, la vie vous sera longue ; car ma science est parfaite et mon expérience est infaillible Achetez mon flacon ; l'occasion est rare c'est ce que vous enseigne M. le curé. Allons ! allons ! approchez-vous de moi. Que si quelqu'un a des doutes sur l'incomparable élixir, qu'il en fasse l'essai ce soir sur lui-même, et s'il n'est pas soulagé incontinent, qu'il vienne demain réclamer à l'hôtel du Mouton-Blanc le prix du flacon. »

Par enchantement disparurent les innombrables fioles de *doctus Diamenta*.

Demi-heure après, sa calèche regagnait majestueusement l'auberge de Trides.

Pendard ! pensai-je, tu glisses comme une anguille ; je t'attraperai, tu vas me payer les joncs du Puy.

Après avoir gravi les degrés de la terrasse du Mouton-Blanc : — M. Diamenta, demandai-je.

« Il ne sera visible que demain, » fit le domestique.

Soit ! dis-je *in petto* ; mais j'aurai l'œil sur vous.

Surveillance d'autant plus aisée, que la maison de ma nourrice, où j'allais loger, est en face de l'auberge.

IV

Dans mon lit, je dormais comme un saint ermite, sans songer au rôle de vengeur des idiots que je m'étais imposé, et poules, coqs, dindons, canards, pigeons roucoulaient, piaillaient, jaccassaient leur réveil matineux dans la basse-cour du Mouton-Blanc.

Cependant, le branle-bas d'une dispute vint brusquement m'arracher des bras du sommeil. Des jurons à effrayer un charretier, un tohu-bohu indiscriptible partaient de l'auberge.

Sautant à bas du lit, je passe mes culottes, j'endosse ma carmagnole et je descends dans la rue.

Aiguillon au poing, jambes au derrière, un habitant de Trides fuit l'auberge avec tous les signes de l'effroi.

— Les conciliateurs ! balbutie-t-il.

Pénétrons dans l'auberge. La salle présente un singulier aspect. On n'apperçoit que visages effarés. Voici ce qui s'est passé.

Quelques pâtres du village, convaincus de l'inefficacité du flacon de Bethléem, se réunissent dans le but de se faire restituer par le charlatan les billons qu'ils lui ont donnés. En effet, — chose inouïe dans les fastes de la charlatanerie — Diamenta tient sa promesse. La nouvelle fait la chaîne électrique ; et le paysan, soupçonneux de nature, et qui tire le liard avec la dent, vient réclamer à tue-tête son déboursé.

La situation est scabreuse. Sans nul doute, à son tour, va pâlir *l'astre flamboyant* de Diamenta.

Sans froncer le sourcil, le charlatan attend l'orage, près de fondre sur sa tête.

— Attendez, mes braves montagnards, articule-t-il.

Enhardi par cette réponse, un tridois, le même qui vient de décamper, après avoir obtenu ses cinquante centimes, a la malencontreuse idée de revendiquer des dommages-intérêts bon gré è malgré.

—Il faut qu'il y ait dol, mon ami.

— Bon gré malgré ! vous dis-je, non d'un âne !

—Soit. Jules ! appela Diamenta : les conciliateurs!

Le domestique revint dans la salle, apportant une paire de pistolets.

— Dieu va prononcer, dit le charlatan au tridois.

— Qu'est-ce ? fit, ahuri, ce dernier. Non d'un âne ! qu'est-ce ?

— A cinq pas de distance! si tu me touches, Jules te payera des dommages-intérêts ; si au contraire, c'est moi qui te tue, tu ne seras qu'un menteur.

Ces paroles d'une logique douteuse, tintèrent toutefois comme un glas à l'oreille du paysan.

— Tiens, prends cette arme... place vous autres ; tiens donc.

— Brroum ! non d'un âne...

Comme s'il eût tenu un fer rouge à la main, le tridois laissa tomber sur le pavé le pistolet, qui, heureusement, n'était pas chargé, et déguerpit au plus vite du Mouton-Blanc.

V

Personne après cette scène ne s'avisa de faire le récalcitrant.

— Comment vont les affaires? dis-je à Diamenta, à mon arrivée dans la salle.

— Vous ici ?

— Votre serviteur.

— Y aurait-il quelque indiscrétion à vous demander la cause de votre présence? fit le charlatan, répétant la question que l'avant-veille je lui avais adressée au hameau des Pradels.

Ou Diamenta croyait que je venais me plaindre, et dans ce cas il voulait me traiter comme il venait de traiter le Tridois, ou, irrité de mon sarcasme, il voulait se venger avec les mêmes armes de l'ironie.

— Le motif qui m'amène à Trides. monsieur, repartis-je, est de rouler comme un cuir un imposteur, et je brandis mon gourdin.

C'est facile à constater, la politesse n'est pas le lot du montagnard cévenol.

— Et l'imposteur? interrogea Diamenta d'un œil stupéfait.

— C'est vous.

— Moi ?

— Vous-même.

— Hein ! fit-il douloureusement. — Hein ! redit-il me couvrant d'un regard peu amical. Qui êtes vous?

— Que vous importe.

— Je vous préviens que mal advient à qui me pique, M. le paysan.

Paysan, soit, pensai-je, mais qui peut comme le serpent changer de peau. Inutile de faire observer que je m'exprimais dans le dialecte du pays.

— Pourquoi ne pas me laisser exercer honorablement mon état?

— Drôle d'état qui consiste à frauder son semblable. Hier, vous avez fait deux cents dupes...

— Comment ?

— Vous niez ?

— Quoi donc ?

— D'avoir trompé la crédulité de la foule.

— Poursuivez.

— Prétendez-vous que votre flacon arrive de Bethléem ?

— Le nom ne fait rien à la chose, mais je le prétends.

— Bethléem à Trides ; plus loin flacon du Brésil ; plus loin flacon d'Hyppocrate. Mon cher Diamenta, vous avez su en imposer avec vos aphorismes, tels que ceux d'hier ; vous méprisez les paysans; un paysan vous châtiera. — Voyez et jugez, dis-je au groupe qui nous environne; Marion ! un verre d'eau.

Le verre d'eau apporté par l'hôtesse : — Du vinaigre criai-je.

Le charlatan sourit dédaigneusement.

— Comparez la couleur, dit-il.

— De l'absinthe !

— Vous savez que nous n'en tenons pas.

— Grâce à Dieu ! mais moi j'en consomme quelque peu, voici.

Et je laissai tomber dans le verre quelques gouttes de cette liqueur, si chère aux compagnons de feu A. de Musset.

Le charlatan rougit.

— Niez-vous encore.

Il ne répondit-pas. Le groupe était attentif.

Pour compléter mon expérience je sortis de mon veston un flacon d'eau de Cologne ; j'en versai quelques gouttes dans le verre, sans prendre garde aux supplications timides de doctus Diamenta.

Frappant du pied la dalle : «Jules ! les conciliateurs. » dit-il.

A ces mots, j'éclatai de rire.

— Attendez ! Jules. — Monsieur votre nom ? reprit-il, s'adressant à moi. L'habit ne fait pas le moine. Veuillez démasquer votre personnage.

Et il me tendit sa carte.

J'allais écrire mon nom sur le feuillet du carnet, ne songeant plus à mon bâton, lorsque je lus sur la carte de mon adversaire :

« Alfred de Névian. »

Jugez de ma surprise. C'est le nom d'un camarade de collége. Je me lève aussitôt, et je le regarde longtemps avec une minutieuse attention.

— Avez-vous connu Michel Lagargne ? lui demandai-je.

— Oui, au collége d'Avignon et à Aix, où nous étudiions le droit.

— Vous l'avez devant vous.

— Quoi, c'est vous Michel Lagargne !

Nous nous embrassâmes avec effusion. Vingt années d'absence nous avaient métamorphosés. Le temps et la barbe changent les amis de visage,... de cœur pas toujours.

Le dernier acte de la comédie allait se jour.

— Mon cher de Névian ; venez chez moi, vous m'expliquerez ce mystère.

— Un mystère ! oh ! oh !... Je vais en soulever le voile.

VI

La porte de l'auberge, attenante à l'écurie, s'ouvrit ; nous vîmes avec une indicible surprise pêle-mêle, confondus, une vingtaine d'estropiés, de vieillards et de mendiants... Voulez-vous que je vous donne l'argent que j'ai gagné hier, ou bien que je le distribue à ces pauvres gens, dit aux Tridois Alfred de Névian.

Pas un n'éleva la voix contre l'acte de charité.

Le partage fait à ces pauvres hères par M. Japhet, maire de la commune, et par maître Pigrine, ce dernier, assez arithméticien, calcula que M Diamenta n'avait pu livrer sur la place 973 fr, de marchandises ; tout au plus, à en juger par ses yeux, si sa recette avait pu dépasser le chiffre de 350 fr.

A cette nouvelle un hurrah d'enthousiasme retentit tout à coup, et, ébranlant les murs même du massif hôtel, annonça à tous les Tridois l'œuvre philanthropique du charlatan.

Le soir, au bas de la terrasse, par un doux clair de lune, on joua une sérénade à Alfred de Névian. L'orchestre se composait de deux vieux militaires retraités, vêtus de leurs capotes vermoulues, l'un tambourinant sur une caisse sonore, l'autre soufflant à outrance dans la trompette de l'ancien seigneur du lieu, de trois joueurs de haut bois, ce boute-en-train de nos fêtes et de nos danses cévenoles, et, pour *riforzando*, d'un ophicléidiste, le roi-ménétrier du canton, qui venait d'arriver au village de Trides monté pesamment sur l'âne de M. Japhet.

Le village était en liesse. M. le maire embrassa maître Pigrine ; l'exemple fut suivi, et dans l'ivresse générale, Tridois et Tridoises s'embrassaient sur le second plan ; dans le fond, à l'une des croisées cintrées du presbytère, nous vîmes poindre la figure vénérable du curé : le bon capelan donna de sa

main la paternelle bénédiction à ce branle-bas. Nous-
mêmes, mon ami et moi, eûmes dans l'œil une larme d'attendrissement, tant ce qui vient du cœur
nous plaît, nous enchante La muse bucolique de
Gesner aurait chanté ce paysage, cette scène, qu'eût
reproduit le pinceau de Tenier.

Alfred passa quelques jours à ma campagne du
*Puy. Son occupation durant ce temps, la voici :
remplir de petits pots d'une pommade noirâtre. Cu-
rieux, je l'interrogeai.

— Je défie, répondit-il, tous les chimistes de nos
facultés des sciences, les Orfila, les Tardieu quelques
habiles qu'ils soient de connaître les ingrédients qui
entrent dans la composition de cette drogue. C'est
une décoction d'oxalide, de digitale, et de joncs, de
joncs surtout ; une infusion de racines, d'herbes mé-
dicinales de toutes sortes Je laisse refroidir ce
remède qui provoque votre sourire, M Lagargue ;
enfin je le fais bouillir jusqu'à ce qu'il soit réduit à
son minimum, et, après l'avoir enduit le lendemain
d'une substance oléagineuse, j'obtiens une pâte que
j'appelle : Pâte de la reine ! ! ! Avec recommandation
de ne l'employer qu'à l'extérieur !...

— Mon cher, lui observais je, tu ne guériras pas
et tu tomberas en discrédit

— Tant pis pour mes confrères : guérissent-ils,
eux ? pas plus que moi ; tu dois le comprendre,
je ne cherche pas la fortune.

L'heure de notre séparation allait sonner, heure
douloureuse et solennelle pendant laquelle il m'ex-
pliquerait sans doute la singularité de sa conduite.

— Mon cher de Névian, dis je à mon ami, qui
était sur le point de monter en calèche, je suis tenté
d'écrire à l'Académie française, certain qu'en 1860,
elle te décernera le prix Monthyon. Il est malheu-
reux que ta philantropie reste ensevelie dans nos
Cévennes.

— Crois-tu donc que j'étale mon désintéressement
comme lundi dernier ; j'y étais forcé par la coali-
tion de tes bons amis les Tridois, et par l'emploi
que tu fis de nos espiégleries d'Avignon, en obtenant
l'*alter ego* du flacon de Bethléem. Non, pas de ré-
clames !

— Je ne t'écouterai pas.

— Laisse-moi remplir mon mandat, parcourir le cycle de mes douze travaux.

— Comme Hercule.

— Que sont les travaux d'Hercule comparés aux miens. J'entreprends le quatrième

— Deux siècles il te faudra pour leur accomplissement; nous avons franchi le seuil de la quarantaine.

— Qu'importe; j'ai foi en l'avenir. Adieu.

— Pardon. Conte-moi, avant ton départ, l'objet de tes folies.

— La résurrection de l'humanité (1).

— Tu la crois donc morte ?

— Non, mais mortelle.

— Et la clé de cette découverte, mon inspiré ? demandai-je, incrédule et railleur.

— Elle est sur ma voie. Adieu, Lagargne.

— Que ton étoile te conduise !

—

Je lui serrai la main comme si je ne devais plus le revoir ; mais lui pour faire diversion à mes sombres pressentiment, me dit d'un air assuré : — « A bientôt les nouvelles. »

Et la calèche l'emporta rapidement loin du Puy.

« Drôle de charlatan ! » fis-je, rentrant au châlet.

(1) C'est ce qu'il tente aujourd'hui de prouver, sous une forme ultra-originale, dans une brochure qu'il livrera à l'impression.

Eugène Cadel.

—

I

Paris 1864.

L'autre soir, un tout jeune homme, presque un enfant, traversait à la nuit tombante la place de la Concorde. Arrivé en face du double chef-d'œuvre équestre de Guillaume Coustou, il s'arrêta un instant, indécis sur le chemin à prendre. Son œil plongea au fond des Champs-Elysées que sillonnaient les équipages retardataires, de retour du Bois de Boulogne. Comme si l'avenue était une route trop longue et déserte jusqu'à l'Arc-de-Triomphe, le jeune voyageur rétrograda et chemina vers le pont.

Là il fit une seconde halte, car l'enfant était en proie à une horrible souffrance : il avait faim. Les coudes sur le parapet du quai, le menton dans ses mains rougies par le froid, il regardait d'un œil assombri les maisons de l'autre côté de la Seine. Au dessous de lui, de la berge du fleuve, monta à son oreille la musique en haillons de deux savoyards : l'air de leurs instruments montagnards dont avait été bercé son enfance, aux automnales saisons, réveilla dans l'enfant le mélancolique souvenir de sa mère et de sa ville natale. Il pleura, pleura à chaudes larmes.

II

D'où vient, de quel pays, cet étranger ? — Des Vosges. — Son nom ? — Eugène Cadel.

Un artiste a trouvé en lui un vrai talent musical,

peut-être du génie. — le génie s'annonce toujours à
l'aube de la carrière ; — car, enthousiasmé un jour,
l'artiste dit à E. Cadel : — « Jeune homme ! vous irez
loin, vous deviendrez une de nos gloires nationales. »

« — Allez à Paris ; vous ne tarderez pas à prendre
rang, ajouta un autre personnage de la contrée »

Attentif et docile à ces enchanteresses mais falla-
cieuses invitations, voilà, malgré les larmes de sa
mère, E. Cadel dans la capitale. Mais que faire,
inconnu, seul, sans appui ? Que faire ici où, pour
conquérir la célébrité, il faut comprimer le cœur et
ne donner l'essor qu'à l'esprit ? où, martyr de son
amour des croyances saintes, de son amour de l'art,
de l'honnête, de l'idéal, plus d'un vient choir dans
le gour de désespérance.

Or, muni d'une lettre de recommandation, E.
Cadel se présente chez un des organistes en renom
de Paris. — « Vous êtes bien jeune à vouloir, avec
de la musique, gagner votre vie. C'est difficile que
le trou de vrille : les places sont prises. » Tel est le
fruit de la lettre d'introduction.

Faire le bien c'est chose si lourde par le temps qui
court ; messieurs des sommités se trouvent si bien
assis là où ils sont, et dant leur olympienne indiffé-
rence ils n'ont cure du piéton qui commence à
gravir le calvaire de l'art. Quand donc viendra
l'heure où l'initiative d'un penseur fera combler
une des lacunes de notre législation sociale ? où la
porte du monde s'ouvrira à qui apporte les trésors
de l'esprit et le génie de son travail ?

Dans un couvent, où la mort d'un musicien laisse
vacante une place, Eugène Cadel vint s'offrir Les
sœurs l'accueillirent avec une sympathie mêlée de
commisération Les regards attachés sur lui, on
écoute : lui, l'œil voilé, sans voir la partition, presse
les touches du clavier ; mais troublé par cette attention, ce silence, l'artiste rougit, tremblotte,
tâtonne sur l'instrument, et joue faux en somme . . .
fatale timidité.

On le conduit à la porte du pensionnat, et le con-
gédiant avec les formes de la politesse :

« Cela viendra, monsieur, dit-on ; vous êtes jeune,
ne vous découragez pas. »

La mort dans l'âme, il sort.

Quelques jours après, il frappa à la porte d'un autre établissement. A l'audition de l'objet de sa visite.

— Solliciter un pareil emploi ! êtes-vous fou, mon enfant ?

L'enfant — en effet, enfant par l'âme ! — balbutia une excuse et se retira. — « Pourtant, disait-il, je me sens apte à quelque chose..... mon Dieu, me suis-je trompé ? »

De jour en jour s'allége sa bourse.

Un matin ayant rêvé que son bon ange lui a rempli de louis son porte-monnaie, il cherche... et trouve au fond 1 fr. 50 c.

Un franc pour la couchée, il lui reste dix sols.

— Courage, Cadel, pensa-t-il, Dieu ne t'abandonnera pas ; ce soir tu arriveras au port.

Au boulanger de la rue, il donne dix centimes pour un pain double ; c'est un pain d'un sou qu'on lui rend : vol sacrilége ! pressurer l'enfance !

Cadel entre dans une crêmerie, et trempe son pain dans un bol de lait. Au carrefour, il aperçoit un rôtisseur de châtaignes ; il lui en demande pour deux sous. Quel est l'étonnement du jeune vosgien, en recevant la minime quantité de châtaignes que lui délivre le marchand : à Paris comme dans ses montagnes il estime en avoir plein ses poches : il les compte : « Quatorze, dont deux gâtées, dit-il gaiement, allons ! »

De là il s'en va à l'aventure, à la recherche d'une place. Vains efforts. Dix heures sur le pavé et le trottoir sans résultats ! Les pieds meurtris, Cadel monte sur l'impériale d'un omnibus qui passe.

Il en descend rue de Rivoli. Devant lui s'étend un grandiose palais. C'est le Louvre. Il entre dans la cour, et va s'assoir à gauche, sur l'escalier du pavillon Turgot. Brisé de fatigue, l'enfant ne tarde pas à s'endormir : court sommeil qu'interrompt le pied brutal d'un sergent de ville faisant sa ronde. — Que faites-vous là ?... Allez-vous en.

Oh ! alors, le jeune artiste a besoin de tenir dans ses deux mains son cœur prêt à rompre, à l'abandonner.

Sorti par le passage opposé, il longe le quai jusqu'au jardin des Tuileries où il porte ses pas. Là — sa pensée déroulant un morne parallèle, il considère l'essaim des pierrots, qui voltigent si gentiment et happent au vol les miettes de pain lancées par la main des flâneurs. Or, pendant qu'il regarde et réfléchit ainsi, une pauvre femme avec deux enfants l'un en haillons, l'autre incliné sur son sein, se présente avec les signes de la détresse au jeune Cadel.

L'artiste met la main à la poche, en retire un billon ; il le pose avec un mouvement fébrile dans la main tendue de la mendiante et s'éloigne au plus vite, de peur que son besoin personnel ne le tente à reprendre son dernier sou.

III

Le soleil se couche dans ces langes brumeuses à l'horizon. Fine, ténue, âcre et glaciale, la bise soufflant des hauteurs de Passy, semble pourchasser les passants sur la place de la Concorde, où, comme on l'a vu plus haut, venait d'arriver le jeune Cadel.

Sur le parapet du quai, Cadel souffrait donc une horrible souffrance : la faim.

Avez-vous jamais remarqué, au musée du Luxembourg, la *Mendiante de M. Hugues Merle* ? Le vosgien offre une réalité non moins saisissante de la toile saisissante du peintre. Même frisson, mêmes angoisses dans l'attitude, le poignant regard.

Cadel quitte le parapet et gagne le pont, contemplant à la clarté du gaz, le bâtiment et ses statues blanchâtres qui, devant lui, se dressent sur la rive gauche. Il s'informe auprès de deux piétons de ce que c'est, pensant à un hôpital.

— Mon ami, c'est la Chambre des Députés, repartit l'un deux touché de sa figure intéressante : C'est ici que l'on fait les lois.

— « Que n'en fait-on une pour donner du pain à qui pâtit ? »

Cette réflexion fut accentuée avec un timbre si doux, si argentin, avec une naïveté si douloureuse, que le monsieur sortit de son gousset une pièce d'argent et l'offrit à Cadel, qui tendit machinalement la main.

A la vue de cet argent, ce dernier eut un éblouissement de honte, d'amour propre. de surprise ? je ne sais.

— Pauvre jeune homme, fit en s'éloignant la personne charitable.

— Toujours le même, articula son compagnon ; vous vous laissez toujours exploiter par une kirielle de gueux, de fainéants, d'aventuriers, etc.

Oh ! ces mots retentirent comme une voix funèbre et d'airain au cœur du musicien. Larmes dans l'œil, sa main trembla, la pièce d'argent glissa, tournoya, et roulant, s'abîma dans le fleuve.

Oh ! ces mots tardivement lui révélèrent l'affreux de sa position à l'égard d'autrui. Il chancela. Pour ne pas tomber, il s'appuya sur la balustrade du pont. Considérant l'eau dans son flou-flou continu, il eut le vertige. Tout devint sombre : son âme et son espérance, l'heure actuelle et son avenir. Le vide ! le désert ! la faim !

La faim.

Qui sait ce qui surgit alors dans l'esprit de cet artiste...

Il enjamba la balustrade.

— « O ma mère ! »

Et l'enfant se précipita dans le fleuve, dont la profondeur nocturne assourdit le bruit de sa chute.

IV

Aujourd'hui l'on transportait à la Morgue le cadavre d'un jeune inconnu.

Une mère n'était pas là pour reconnaître et réclamer son fils. —

—

Ce printemps, fauvettes, pinsons et rouges-gorges des monts vosgiens, pleureront dans leur langue l'absence éternelle d'Eugène Cadel.

Sans la condamnation de l'inflexible destin, qui sait si, conduit par une main amicale à travers l'âpre escalier de la gloire, celui dont l'âme vivante, arrachait des pleurs aux auditeurs du sol natal, n'eût pas été dans l'avenir le frère en lyrisme de Donizetti et de Rossini.

Le fantôme de San-Luis.

—

Au bourg de Vendros, sis au flanc de la Sierra-Morena, quatre hommes, le fusil au poing, descendent la grand'rue, à pas comptés.

Sont-ce des brigands dont les bandes infestent la Sierra, ou des gendarmes lancés à leur piste ? Sont-ce des soldats de Prim ? Point. Par la contrée, on se préoccupe peu d'un fait normal en Espagne.

Non. Des bruits non moins étranges ont circulé, à la veillée. Quand le ciel est sans lune, des choses surhumaines se passent au vieux cimetière de San-Luis.

La vieille Anna Dantrès a failli mourir de peur, en longeant, la veille, le mur en ruine du funèbre dortoir.

Elle avait vu des revenants se promener sous le couvert des ifs et des cyprès.

Sans doute que la senora radotte.

Pour notre gouverne, suivons l'expédition des quatre Vendrosans.

Devant San-Luis, nos hommes font halte.

Puis ils s'enfoncent sous les voussoirs ombreux du cloître de l'abbaye.

— Nous arrivons, disent-ils.

— Iago ! vas à la découverte, commanda l'un.

— Et vous-même, père Adrista.

— Allons tous, plutôt.

Epaules contre épaules, fusil au poing, les espagnols avancent... chut.

— Par la dame de la Morena ! oyez-vous ?

« Brech !... » fit longuement une voix plaintive, là-bas, — au fond. « Brech ! »

— Hein ? on dirait des os broyés sous la dent du diable. Les cheveux du père Adrista se hérissèrent sur sa tête.

Çà et là, à travers le cimetière, brille une, deux .., cinq lumières rondes, jaunes vertes, cramoisies...

Brrrou !

Le père Adrista fit le signe de la croix.

Dans l'attente d'un événement imminent, et pour conjurer toute surprise, le carré se forme ; l'un des espagnols une main tendue vers l'apparition :

— « Spectre, esprit, diable, ange au purgatoire, dit-il, explique ta présence en ce lieu.

Rien ne répondait ; le fantôme était toujours là.

Derechef on le conjure de confesser son origine et le but de son apparition noctambule.

— Une décharge de nos fusils vaudrait mieux

qu'aspersoir, pour éloigner Satanas de la terre sainte de San-Luis.

« Feu ! »

— Aï ! aï ! je suis mort.

— Donc tu étais en vie, dit un Vendrosan, et tu n'es pas le diable.

Iago enjamba la haie de buisson.

— Pitié, senor, larmoya une voix, pitié.

Triomphant, Iago releva par la barbe le vieux berger Miguel, casseur de noix, qui, chaque soir à l'heure du souper, fait paître ses chèvres dans le cimetière de San-Luis.

Moins craintives que la vieille Dantrès, nos lectrices se sont donné, par le cri sourd des chèvres et le sec craquement des noix dans les mains de Miguel, l'explication des bruits étranges qui ont tant effrayé la pauvre population vendrosane.

La Botte
du Baron de Minerve.

Minerve, vieux bourg de l'Occitanie — style archaïque — perché, comme l'aigle dans son aire, au pic d'un rocher, deviendra bientôt l'une des sept merveilles de la France. La signaler au public, c'est rendre, je crois, un service à l'armée intrépide des touristes.

Minerve est, certes, un vrai bijoux enfoui dans une sierra morena des Cévennes méridionales. Tout y captive le visiteur : son désert aux roches sombres coupées à pic. ses abîmes, ses cavernes profondes, son cimetière des Sarrasins, son rempart des Goths, son église carlovingienne, son autel illustré de calligraphies.... mais, à propos de bottes, pas de description Au but.

Au commencement de l'automne dernière, le bedeau de la paroisse de Minerve, qui me servait de cicérone, m'amena au fond de la Sacristie, et là : — Voilà la botte, me dit-il. — Quelle botte, demandais-je, ayant en l'idée Grisier, puis je ne sais plus quelle chanson. — La fameuse botte. — Mais enfin ? — Regardez donc. Et le brave homme sortit d'un bahut vermiculé une botte qui rappelait celles des géants de Ducray Dumesnil.— Eh bien ? — Vous ne savez ?... — Quoi ? — Comment ! vous ne savez pas son histoire ?

La figure de l'officier clérical s'empourpra d'indignation. — L'ignare ! dut-il penser. De mon mieux je le calmai, et voici ce qu'il me raconta :

En 1700 et tant, le Minervois, au chef-lieu duquel vous avez l'honneur d'être (textuel), vivait dans la crainte de son seigneur, le baron Roger. Son joug était de fer. Aux portes des défilés il raçonnait, lardait pèlerins et voyageurs. Son suzerain lui mandait force remontrances, l'évêque diocésain fulminait contre lui.

Sur son rocher, une seule fois accessible à Simon de Montfort — et Dieu sait à quel prix ! — Roger se raillait du ciel et du diable. Or, sur ce, le diable voulut lui jouer un tour ; mais le baron fut plus fin que le diable

— Veux-tu te donner à moi ? dit au banneret Satan. — Volontiers ; mais à une condition, messire. — Je le veux bien ; laquelle ? — C'est de me remplir d'agnels une de mes bottes que je suspendrai au soupirail de mon souterrain. — Soit. A ce soir.

A l'heure convenue, la botte et le diable se trouvaient au rendez-vous.

Avare et prudent de nature, le diable laissait tomber un par un ses agnels dans la botte, qui ne se remplissait jamais.. Le madré baron en avait percé la semelle, et les pièces d'or roulaient sans cesse dans le souterrain. Ayant épuisé le mines voi-

sines de Faussans, vaincu, penaud, le diable se retira, jurant qu'on ne l'y reprendrait plus.

A vingt ans de là, Satan eut sa revanche. Le
baron mourut. Comme on portait son corps à
l'église — et il faisait nuit, et des feux de joie
brillaient çà et là sur les montagnes prochaines —
voilà que deux éperviers de grandeur surnaturelle
planèrent sur les remparts, tout à coup vinrent s'a-
battre à la tête du cortége, et, avant que le cer-
cueil franchît le porche de l'église, les oiseaux de
proie de leurs ongles crochus firent sauter le cou-
vercle et emportèrent sous le pont à l'arche pro-
fonde et ténébreuse — qu'avant de monter vous
avez dû remarquer...

— Bien .. Emportèrent, dites-vous ?

— Le corps du damné baron, qui, en se dé-
menant, laissa choir sur la tête du prêtre la
botte...

Que voilà.

En Suisse.

I

Gens de la montagne, gens d'Efolena, vous l'avez
vu, escaladant les pitons du Mont-Rosa, ces cimes
grandioses, visitant les alpestres glaciers, les forêts
sauvages, les ravines où le torrent frissonne sous
la nuit des arbrisseaux et des sapins ; vous l'avez
vu, le jeune inconnu ! Qui me dira son nom ? nul
ne le sait.

II

...... Les premières neiges de l'hiver sont descendues dans les vallées de la Suisse. La fumée des chaumières est douce à voir. Quelle est pittoresque l'ondoyante colonne qui s'élève des toits de chaume, se confondant avec le ciel gris et bas. Bienvenus sont les contes au foyer où flambent les grosses bûches, où pétillent les rougeâtres étincelles des branches de hêtres et des rameaux résineux du pin. — Un fagot de genêt, gais compagnons. Du plafond, noir de fumée, de la poutre de chêne, détachez ce jambon. Femme ! apporte-nous la bouteille de genièvre et ces grives tuées sur les plateaux giboyeux, et tire des cendres les châtaignes rôties. A table ! chauffons-nous. L'hiver est un bon vieux compère, fêtons-le. Voici le repos pendant quelques mois. — Hé ! père Hermann, une histoire du bon vieux temps. — Volontiers, mes gars. « Il était une fois...... » Tous font silence et écoutent l'aïeul du logis. Hermann parla, parla longtemps,

III

L'histoire du grand père est terminée. Une jeune laitière de l'endroit porte l'attention sur un autre point.

— Dernièrement, dit-elle, on a cherché le jeune étranger à Efolena, on ne l'a pas retrouvé.

— Il n'est pas dans le voisinage.

— Où donc est-il ? Il n'y a pas bien longtemps qu'on l'a vu.

— Plus on ne le verra.

— Il s'en est donc allé, chasseur Wald ?

— Oui.

— Où ?

— Loin.

— Loin ?

— Oh ! bien loin.

— Ne reviendra-t-il pas ?

— Non.

— Pourquoi donc ? il aimait tant notre pays.

— Parce que son voyage est de long cours.

— Qu'est-ce que vous nous chantez, chasseur Wald ?

— Une de ces malles est ici.

— Qu'est-il besoin d'emporter ses malles au pays où le jeune monsieur est allé, père Hermann.

— Alors il reviendra.

— Jamais.

— Etes-vous fou, mon vieux ?

Le chasseur hocha la tête et murmura : « Fou qui le croira. » Ensuite le montagnard trempa ses lèvres dans un verre de genièvre et fredonna une chanson mélancolique du canton.

Une jeune suissesse raconta qu'elle avait vu l'étranger, au haut d'un promontoire de rocher, écrire quelquefois sur un album, puis jeter à la bise les feuillets écrits. — Par le pasteur, j'ai ouï dire que c'était un poète.

— Poète ? qu'est-ce que cela veut dire ?

— Un homme qui fait des romances.

— Il chantait donc ? demanda-t-on au chasseur.

Wald répondit « Jamais ».

Dès lors, durant les veillées, il ne fut question que de la disparition de l'inconnu.

Les fraîches éféléniennes affirmaient qu'il était monté au plateau des plus hauts sommets du Mont-Rosa, et qu'il n'en était plus redescendu. On pensait qn'il s'était perdu dans les neiges ou qu'il avait glissé dans un abîme. Les plus sensés secouaient leur chef appesanti. Un vieillard dit qu'en effet on l'avait vu prendre le chemin des sommets ; qu'il s'était arrêté au châlet de Frings confié à la garde d'un

vieux chasseur de chamois, et qu'aux premiers
froids, il était mort, à la suite d'une maladie de
langueur.

IV

De fois à autre on s'entretiendra de cette aventure, puis on n'y songera plus, surtout au retour
du printemps quand les vaches erreront dans les
gras et verdoyants pâturages, et lorsque les cornes
retentissantes des pâtres sonneront le ranz et feront
frémir les échos du Simplon, du Saint-Bernard, et
du Mont-Rosa Dans la suite on ne parlera de lui
qu'à de longs intervalles, et encore aux longues soirées d'hiver, comme un triste et vague souvenir.

V

Au printemps suivant 186... le gardien du châlet
était assis sur la déclivité du piton de Frings Il
réfléchissait, regardant le sentier abrupt, bordé de
houx et de sapins. Au bas, il apperçut une jeune et
belle dame qui montait.

Quand elle fut près de lui,

— Pâtre, un jeune monsieur est venu l'automne
dernier à Frings.

— Oui.

— Eh bien ?

— Parti.

— Parti ?

— Pour toujours.

Elle avait compris.

— Je ne le reverrai donc jamais plus ? reprit-elle.

La jeune dame se tut. Le gardien ne vit pas sous
ses longs cils arriver une larme. — « Son genre de
vie ? » interrogea-t elle.

— Triste, madame. Je l'aimai, et tous dans la contrée, de Frings à Efolena, l'aimaient aussi, et nul, comme moi, ne savaient cependant son nom. Le laitage était sa nourriture; il buvait souvent aux sources limpides des rochers. Il aimait à se reposer dans les bruyères, après avoir fait un bouquet de tormentilles, d'achemilles, de rhododendrons et autres plantes alpines. La nuit venue, j'allai le prendre et je le reconduisai, docile comme un enfant, vers ma demeure. Je l'ai vu, de dehors, le front nu frissonnant sous le vent du nord, je l'ai vu au sein des glaciales soirées d'automne, penché sur le rebord de la fenêtre, regardant du côté de la France. Ainsi, grelottant, il restait une grande partie de la nuit. Quelquefois je le laissai, livré à sa pensée ; car je sentais que ce jeune homme éprouvait une sombre, indécible volupté...

Un cri déchirant perça l'air : — «Ah ? mon Dieu, ne plus le revoir, fit la jeune femme, ne plus le revoir !!.

— Jamais, répéta comme un écho la voix lente et sourde du grave montagnard.

— Où avez vous creusé sa tombe ?

— Là-bas...

— Où donc ?

— A l'entrée de la gorge .. Autour de sa tombe, j'ai planté six sapins en forme de couronne. Les morts souffrent tant dans leur lit, lorsqu'ils sont seuls. Je veux que le rouge-gorge, le merle et la grive viennent y chanter sous peu leurs chansons.

— Tenez, brave homme.

L'étrangère présenta sa bourse au montagnard. D'un geste ce dernier refusa. Après l'avoir regardée descendre, le gardien remonta au châlet de Frings, murmurant avec mélancolie.

— « Il est trop tard. »

TABLE DES MATIÈRES

		Pages
I.	— Drole de Charlatan.	1
II.	— Eugène Cadel.	18
III.	— Le Fantome de San-Luis.	23
IV.	— La Botte du baron de Minerve.	25
V.	— En Suisse.	27

Saint-Pons. — Imprimerie Granier.

DU MÊME AUTEUR

Sous presse :

POÉSIES NÉO-ROMANES

——

MÉLANGES POLITIQUES ET PHILOSOPHIQUES :

Césarisme et Civisme. — De la République. — Du Druidisme. — L'Avenir de la France, etc., etc...

——

Saint-Pons. — Imprimerie Granier.